目　录
CONTENT

Abnormal
Tales
Institute

1 惊人院概况

JINGRENYUAN
overview

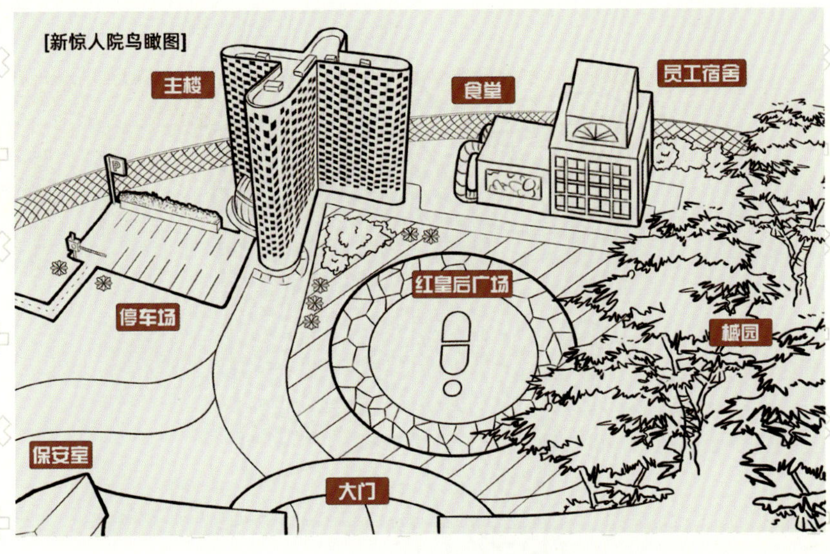

惊人院 ATI 非正常事件研究中心
Abnormal Tales Institute

JING REN YUAN

创 始 人 | 院长、晓博士
投 资 人 | 王某
院　　训 | 保持好奇，心向自由
上级主管部门 | 国家科研中心、历史委员会
业务范围 | 发现、研究并处理生活中的非正常事件

惊人院位于星河路 404 号，占地面积未知，以 3.3 米高的红砖围墙为界，毗邻槭园。惊人院主楼为一栋“X”形的 9 层地标性建筑，周边附属和功能性建筑还包括：红皇后广场、停车场、保安室、员工宿舍、食堂。

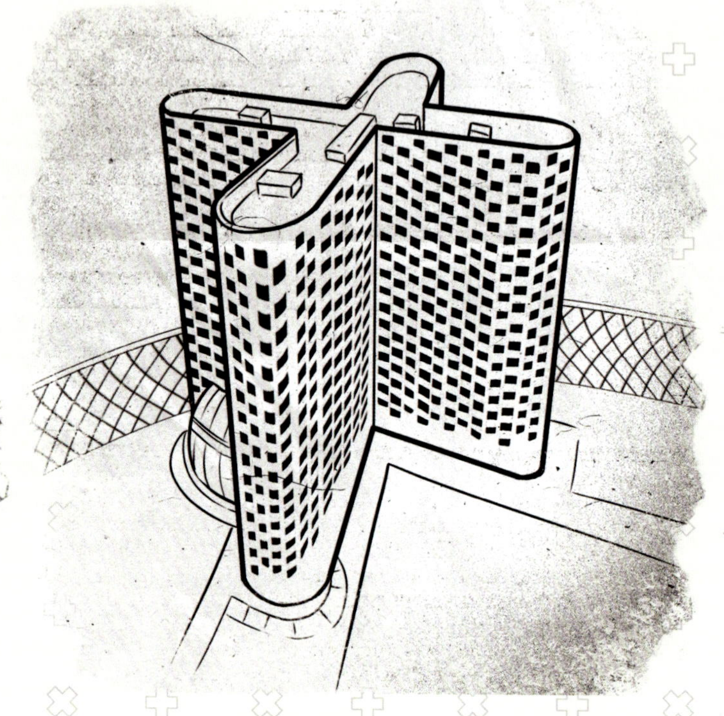

惊人院主楼——地上

惊人院地标建筑，整体呈“X”形。2019 年受到红皇后事件爆炸影响，惊人院主楼重建，并于 2022 年年初建成并投入使用。

地上共有九层，一层为接待大厅，顶层为第一培植中心（简称“一培”）和院长办公室，其他楼层均为日常功能区。接待大厅的四个方向依次为 2 号、3 号、4 号、5 号电梯厅，大厅中央是神秘的 0 号电梯，只有持特殊通行证（一卡通）的研究员才能通过它前往地下核心区域，找到神秘的四大培植中心。

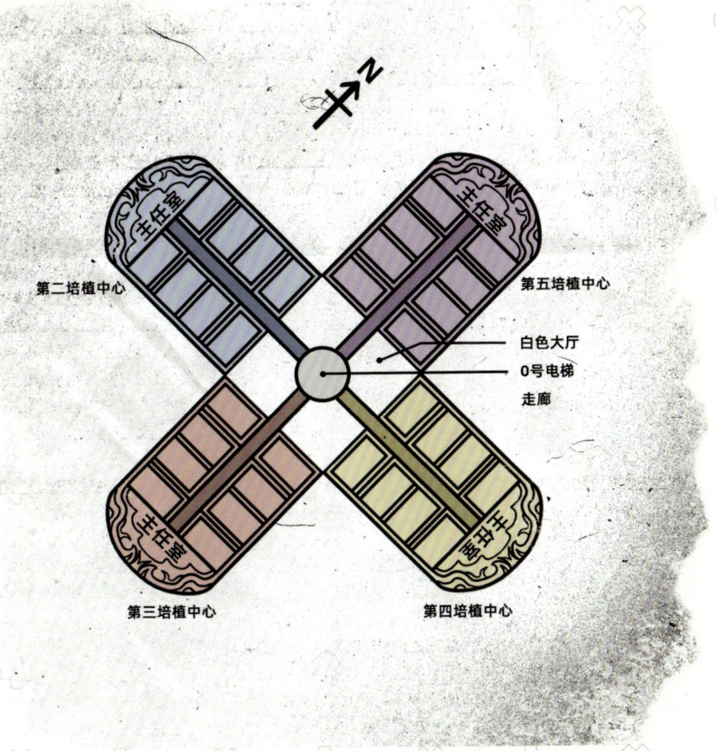

惊人院主楼——地下

惊人院的核心区域，四大培植中心的所在地。通过 0 号电梯进入地下，首先映入眼帘的便是白色的大厅。大厅四个方向各有一个长廊，连接不同的培植中心。

四个培植中心都有各自的主管研究员办公室（主任室）、研究室、资料室和员工宿舍。除此之外，第二培植中心（简称“二培”）有机房和娱乐厅，第三培植中心（简称“三培”）有温室和生态园，第四培植中心（简称“四培”）有藏宝阁和训练场，第五培植中心（简称“五培”）有药房和图书馆。

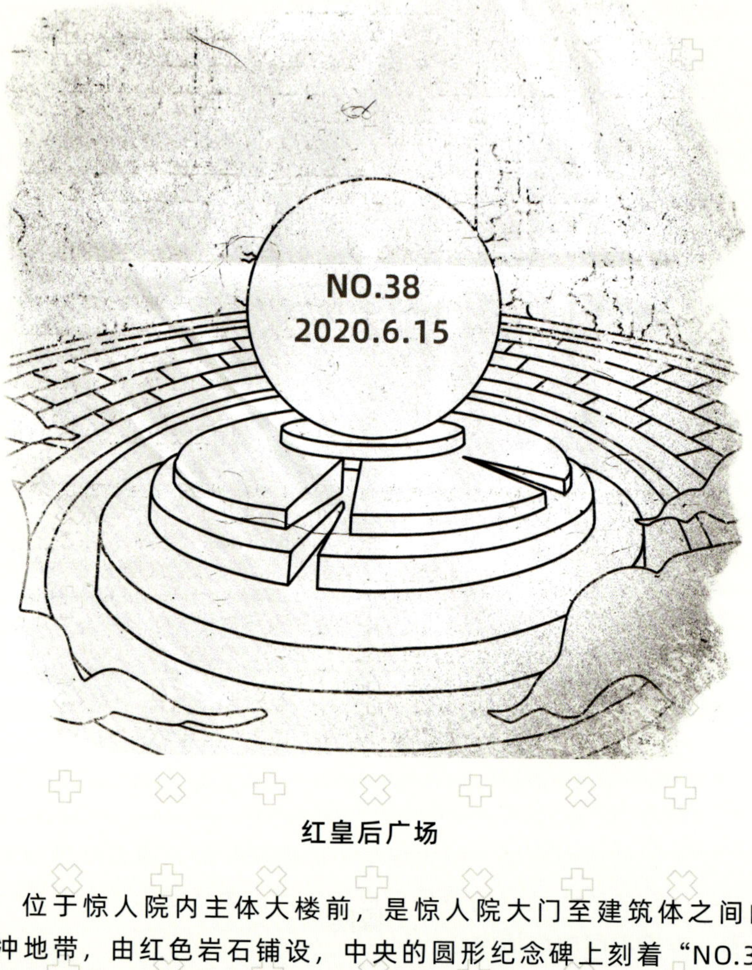

JING REN YUAN

NO.38
2020.6.15

红皇后广场

位于惊人院内主体大楼前，是惊人院大门至建筑体之间的缓冲地带，由红色岩石铺设，中央的圆形纪念碑上刻着“NO.38 2020.6.15”。据说是为了庆祝两年前某次重大任务的成功而建立的，惊人院每年都会在这一天举行庆典。

停车场

惊人院的停车场内只有一种车——惊叹号。

惊叹号是惊人院外勤专用班车，灰色七座面包车，车身上印着惊人院的 logo。大多数惊叹号外表破旧，但性能强悍，每一辆都有专职司机负责驾驶。

提醒：非必要情况，任何研究员不得无故呼叫惊叹号，否则后果自负。

槭园

位于惊人院东侧的一片生态园林，园内种植了大量的鸡爪槭、三角枫、元宝槭等槭树科植物，每年秋季红叶漫天，远观如熊熊燃烧的烈焰。园内设有凉亭、长椅、观赏鱼池和林间小路，是惊人院研究员最喜欢的休闲场所，大家习惯称之为“红树林”。

2 部门简介

department introduction

NO.1

第一培植中心

负 责 人 | 院长

助理研究员 | 陆云深

职　　责 | 统领惊人院内外事务

管　　家 | 小院子

代表颜色 | 白色

部门简介 | 惊人院的核心部门，也是唯一位于地上的培植中心。第一培植中心包括院长办公室、人力资源部、安全事务部、医务室、盈业厅。

▼院长办公室

位于主楼顶层，负责惊人院的日常行政类工作。但不知为何，对接工作的总是助理研究员陆云深，院长本人时常缺席。

▼人力资源部

位于主楼 3 层，工作内容包括但不限于研究员招聘、人力规划分配、组织架构优化、考勤管理、行政管理以及各部门研究员职位升迁等工作。部门负责人为惊人院 HR 唐宥，不了解院内情况的新人们，一直认为惊人院的 HR 是人美声甜的御姐。

▼安全事务部

鉴于具体工作内容，安全事务部并未设立单独的办公室，共计数十名安保人员由部门负责人盖爷统一指挥，坚守在各培植中心与其他重要场所的岗位上。

JING REN YUAN

▼医务室

位于主楼 1 层，负责人是程以久。作为惊人院的常备医疗力量，医务室内花重金购置了无创呼吸机、心电监护仪、血气分析仪、重症超声、紫外线无菌消毒车等 ICU 级别的医疗设备。室内共有 7 张全自动护理床与一间危急重症急救室，南北通透，采光通风良好。除了重症诊疗之外，医务室还负责为惊人院员工进行体检的工作。

▼盈业厅

惊人院接线员话务室，亦可理解为指挥塔，位于主楼一层 3 号电梯方向，是集非正常事件收集观测、案情通报、等级评估、任务分配等多功能于一体的综合部门。各类非正常事件通过不同渠道和方式汇总于此，如热线电话、网络信箱、电子监控等，接线员会根据评估守则对事件进行分级，再通过内网发放到各个部门，由不同的外勤小组前往处理。负责人为线长孙敏。

▼观察者

与惊人院保持密切联系的特殊群体，他们之前遭遇过不同等级的非正常事件，由惊人院及时帮助化解，随后自愿成为惊人院的义务观察者，佩戴惊人院专属徽章。负责监测各地的非正常事件，一旦发现，便会及时汇报给惊人院盈业厅。

观察者徽章

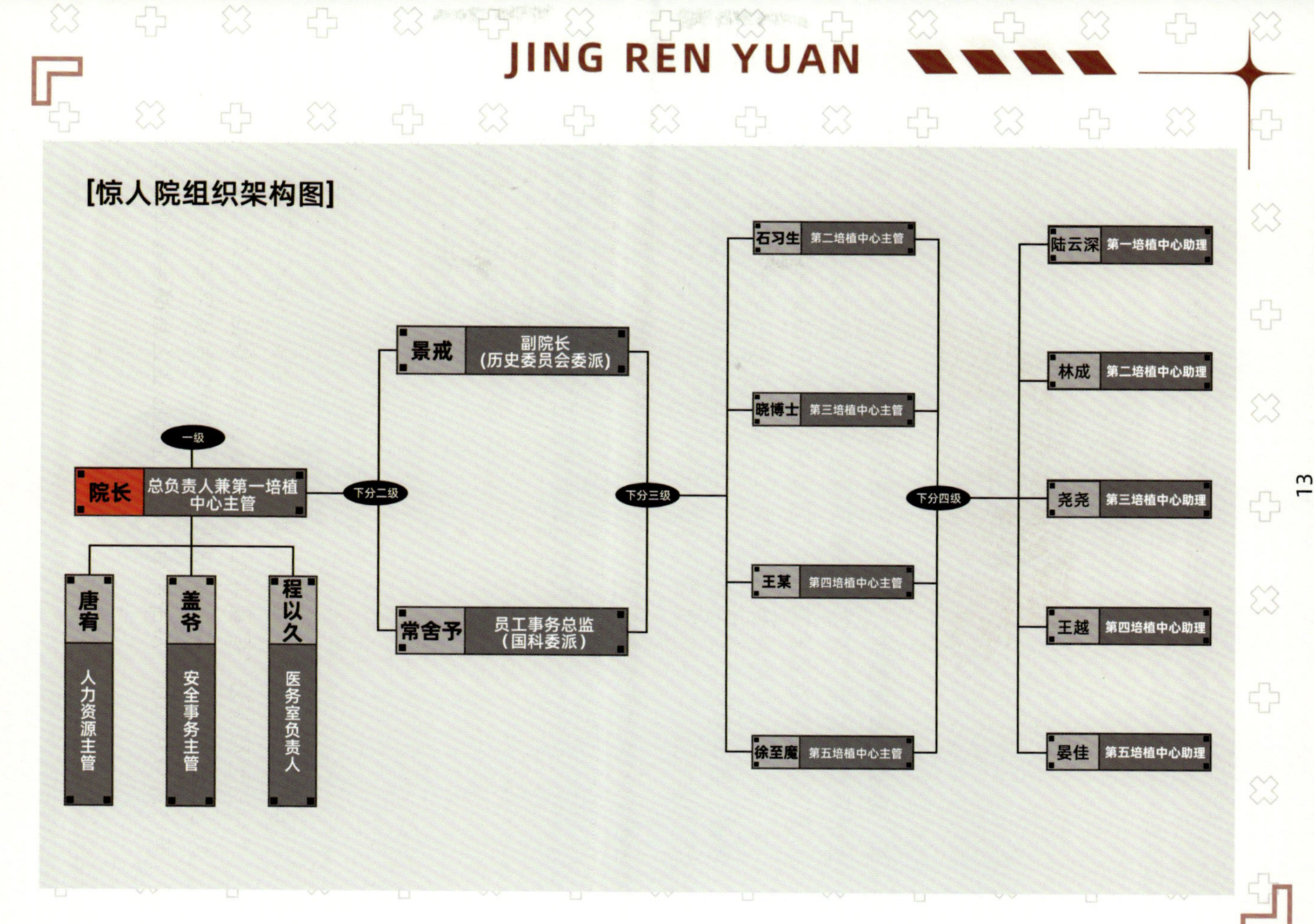
[惊人院组织架构图]
一级
院长
总负责人兼第一培植中心主管
唐宥
人力资源主管
盖爷
安全事务主管
程以久
医务室负责人
下分二级
景戒
副院长
(历史委员会委派)
常舍予
员工事务总监
(国科委派)
下分三级
石习生
第二培植中心主管
晓博士
第三培植中心主管
王某
第四培植中心主管
徐至魔
第五培植中心主管
下分四级
陆云深
第一培植中心助理
林成
第二培植中心助理
尧尧
第三培植中心助理
王越
第四培植中心助理
晏佳
第五培植中心助理

NO.2

第二培植中心

负 责 人 | 石习生

助理研究员 | 林成

管 家 | SEVEN

研究方向 | 超级程序、电子信息科学与人工智能

代表颜色 | 蓝色

外部紧急通道 | 地铁十号线延长线

部门简介 |

惊人院内网服务器集群所在地，承担着全院的网络中转、黑客防御等功能，有时还兼职负责电力调度。整体被划分为 α、β、γ、Ω 四个区域，分别为行政区、研究区、信息处理区及电子游戏室。

员工宿舍整体是太空舱 + 高配胶囊旅馆风格，而员工食堂内不出售复杂菜品，多数只提供维生素片、沙拉、能量液等营养餐，支持配送到工位。

（扫码了解第二培植中心和石习生的故事）

JING REN YUAN

NO.2

第二培植中心

负　责　人 | 石习生

助理研究员 | 林成

管　　　家 | SEVEN

研究方向 | 超级程序、电子信息科学与人工智能

代表颜色 | 蓝色

外部紧急通道 | 地铁十号线延长线

部门简介 |

惊人院内网服务器集群所在地，承担着全院的网络中转、黑客防御等功能，有时还兼职负责电力调度。整体被划分为 α、β、γ、Ω 四个区域，分别为行政区、研究区、信息处理区及电子游戏室。

员工宿舍整体是太空舱 + 高配胶囊旅馆风格，而员工食堂内不出售复杂菜品，多数只提供维生素片、沙拉、能量液等营养餐，支持配送到工位。

（扫码了解第二培植中心和石习生的故事）

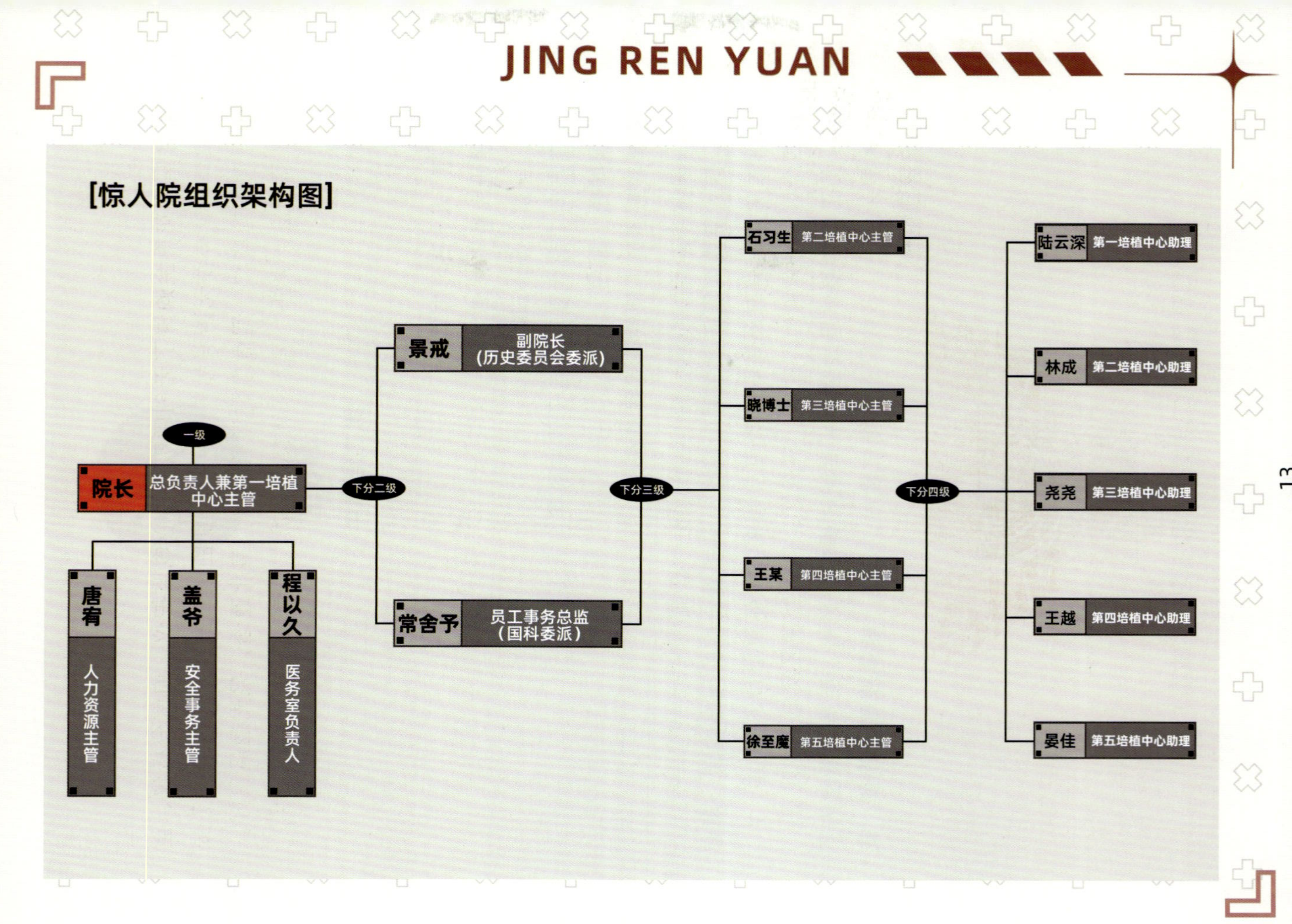
JING REN YUAN
[惊人院组织架构图]
一级
院长
总负责人兼第一培植中心主管
唐宥
人力资源主管
盖爷
安全事务主管
程以久
医务室负责人
下分二级
景戒
副院长
(历史委员会委派)
常舍予
员工事务总监
(国科委派)
下分三级
石习生
第二培植中心主管
晓博士
第三培植中心主管
王某
第四培植中心主管
徐至魔
第五培植中心主管
下分四级
陆云深
第一培植中心助理
林成
第二培植中心助理
尧尧
第三培植中心助理
王越
第四培植中心助理
晏佳
第五培植中心助理

NO.5

第五培植中心

负 责 人 | 徐至魔
助理研究员 | 晏佳
管 家 | 穗穗
研究方向 | 尖端药剂学
代表颜色 | 紫色
外部紧急通道 | 六号殡仪馆
部门简介 |

以徐至魔为首的药剂学研究部门，有时也会辅助医务室处理院内急救任务。但据神秘人士透露，这里在秘密进行着某种神秘的人体研究。

五培的整体装修风格简约质朴，采用淡紫色无影灯照明，干净，整洁，没有任何不必要的装饰，且还有大部分区域正在施工中。研究室的墙壁被各种温度、湿度不同的高大药剂柜代替，员工宿舍与食堂看似普通，但最大的特点就是干净。

这里拥有全院唯一的图书馆，面积巨大，藏书丰富，与徐至魔的办公室相邻。

NO.4

第四培植中心

负 责 人 | 王某

助理研究员 | 王越

管 家 | 不齐

研究方向 | 超级宝藏、博物馆学与文物保护

代表颜色 | 黄色

外部紧急通道 | 魔药酒吧

部门简介 |

部门的主要设计理念，是科技 + 人文 + 国风。所有光源采用内嵌式设计，没有冗余的吊灯，嵌入式的灯带同时可以起到指引路径的作用。在会客室的外延区域，甚至有专门饲养动物的空间，邵兰之的大鹅也寄养在那里。为了兼顾风水，王某还将四培门口的影壁做成了水幕。

无论男女，四培清一色都提供单人宿舍，看起来像是高级现代中式酒店。除了桌椅为传统中式，每间宿舍都要在琴棋书画元素中选择一样作为主题。部门食堂为开放式厨房，只有一名神秘厨师，是全院最人满为患的食堂，完全不需要鼓励光盘行动。满汉全席、南北大菜，没有他做不出来的。

PS. 禁止在四培食堂点西餐，否则后果自负。

（扫码了解第四培植中心和王某的故事）

NO.3

第三培植中心

负 责 人 | 晓博士
助理研究员 | 尧尧
管 家 | 付黑
研究方向 | 超级生物、生命科学
代表颜色 | 红色
外部紧急通道 | 利云水库
部门简介 |

整体风格更近似于生态园，全天候仿自然光照，野生植被全覆盖，并根据不同超级生物的特性建立了数十个不同的生物区域，如莲池、巨树、花园等。

三培的宿舍就像北欧树屋，每间宿舍都以一种超级生物的名字命名，颜色和装饰风格也与对应的超级生物相似。食堂干净整洁，是整个三培里唯一没有植物的地方。这里看起来像 20 世纪 80 年代的美式快餐店，清一色红色吧台椅，并提供非常经典地道的美式餐食。其中，加州大汉堡深受研究员喜爱。

PS. 因磁虫影响，本培植中心的电压并不算稳定，请当心您的电子设备。

（扫码了解第三培植中心和晓博士的故事）

JING REN YUAN

3 研究员概况

researcher overview

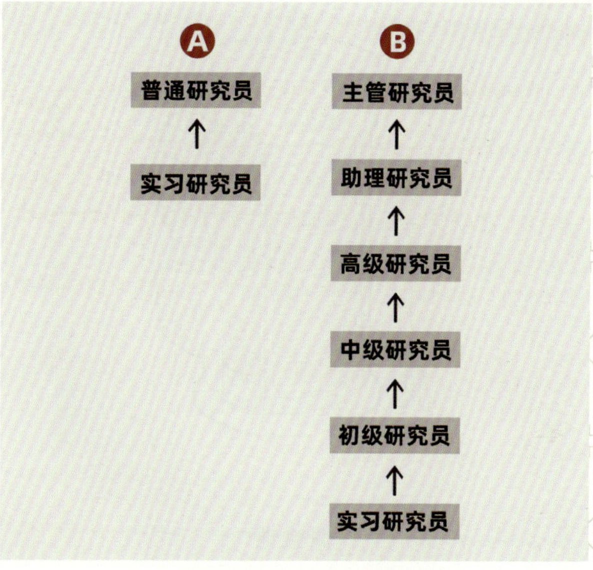

研究员等级与分类制度

▼研究员招募

每年 6 月，惊人院会对外公开招聘研究员，一批 30—50 人不等。但只有曾受到过非正常事件影响的人才能入选。

▼研究员晋升

新研究员需要经过惊验值测量、集体面试、特别测试以及三个月的实习期才能成为正式研究员。而实习期结束后，新人研究员有两种选择：成为普通研究员或特殊研究员。惊人院在职研究员分为普通研究员与特殊研究员，其中普通研究员负责院内日常工作，鲜少外出，与一般研究机构成员的工作性质相似；而特殊研究员为四大培植中心的专属研究员，根据各自所属培植中心的不同研究方向，负责性质、内容不同的工作，经常外出处理各类非正常事件。

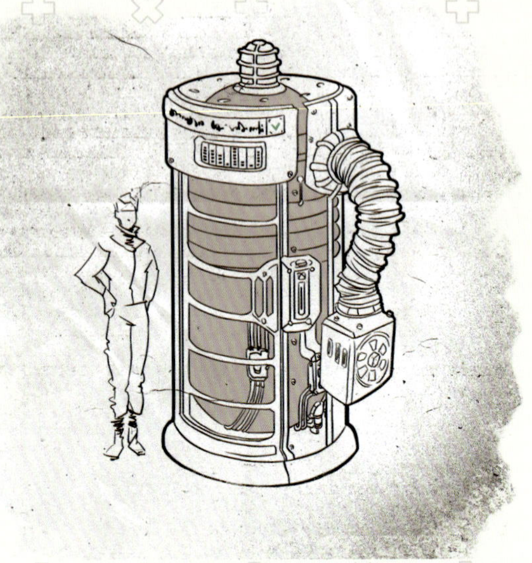

惊验值

全称为惊人院综合检验数据评定值，是工种分配的重要依据，每届新员工入职后统一测评。惊验值测评器由第五培植中心牵头设计，第二培植中心提供技术援助，第三与第四培植中心负责数据库支撑。

▼研究员福利

惊人院研究员待遇优渥，包吃住，入职即可享受本地区最高的五险一金缴纳额度，薪资水平参考同行业最高水准，且享受免费体检与医疗。

每月 4 号，惊人院的工资会准时存入通行证，院内可刷卡消费，如需现金，研究员则要用到惊人院停车场旁的自动贩售机，将卡片插入后提取现金使用。

惊人院采取错峰放假制度，各大节日很少放假，反而会在一些无关紧要的节日放假，如中元节、植树节、万圣节等。

▼研究员装备

惊人院研究员有四个必需装备：白大褂、通信信标、通行证、《惊人院手册》。

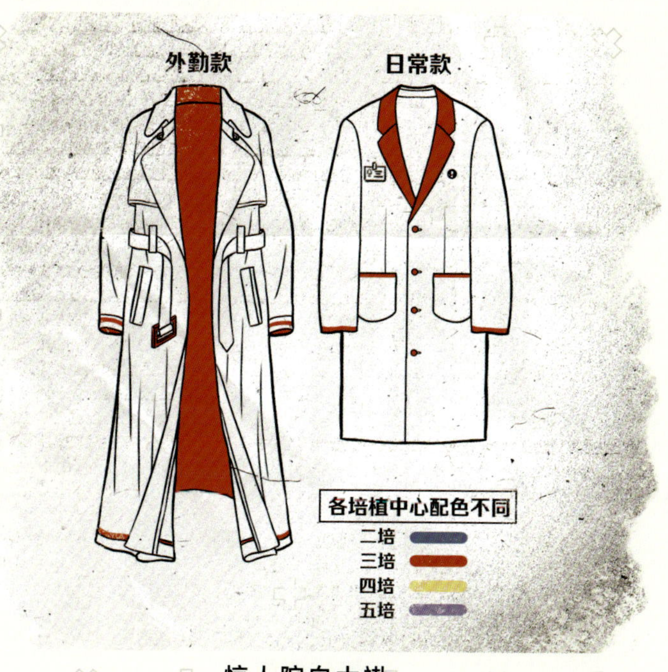

惊人院白大褂

惊人院研究员制服，分为日常款和外勤款两种。日常款与常见白大褂相似，外勤款更为宽松，便于出行，款式更偏向风衣。

制服左胸口处统一为惊人院刺绣，衣领及袖口颜色与各培植中心色系对应，其中，第一培植中心研究员和实习期研究员为纯白色。

白大褂材质特殊，防水耐火，透气亲肤，普通的刀具很难划破。惊人院白大褂数量定额，每一件都有编码且不对外销售，但又有正规价签，标价为 129600 元。

通信信标

惊人院内部通信器，金属脖环，连接一只入耳式耳机。内置定位芯片、通信器、生物监测系统，研究员需佩戴于脖颈处，接入生物信号。不同培植中心研究员的耳机颜色不同，耳机处亦有各培植中心的标志。通信信标连接惊人院加密内网，可与小组频道内的其他研究员进行实时语音通话，并显示所在位置和身体状态。

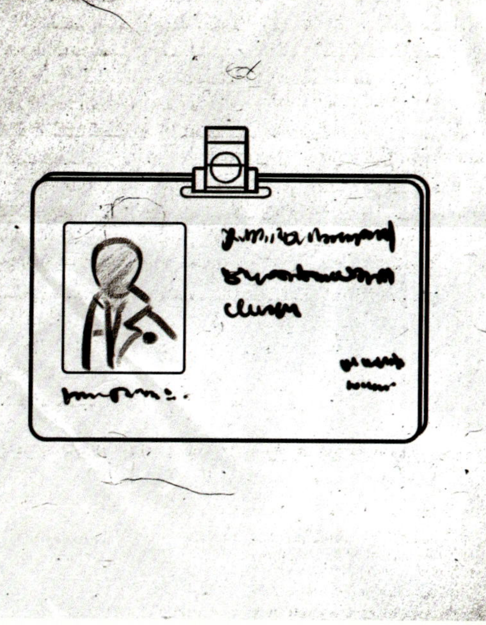

通行证

惊人院一卡通，尺寸与材质和常见 PVC 卡相似，可佩戴在白大褂右胸口袋处。主要功能如下：

身份档案：内置芯片连接惊人院内网，记录了研究员所有个人资料信息，也包括日常考勤、岗位变动、院内消费记录等数据。

门禁卡：普通研究员持卡才可进入惊人院，特殊研究员持卡才可进入 0 号电梯。

工资卡：每月工资按时打入，但要在特殊的地方才能提取现金。

院内消费卡：在员工食堂、休闲中心、医务室、娱乐中心等场所，可直接刷通行证付款。

《惊人院手册》

黑色皮质小本，里面详细记录了惊人院员工准则，甚至包括各种常见事件的应急措施，还有各类应对普通人询问的回答模板。被称为惊人院的“百科全书”。

除此之外，四个培植中心的特殊研究员亦有各培植中心的专属设备：

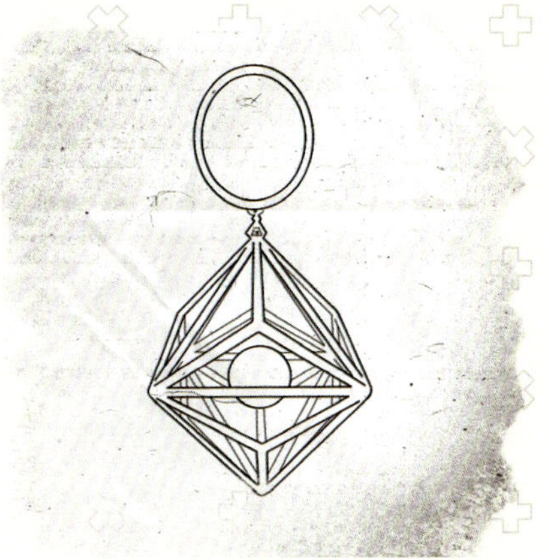

生控灯

全名生物智能调控解析灯，可安抚超级生物的情绪，打开后可对超级生物实施安全抓捕。此装备为第三培植中心研究员专用。

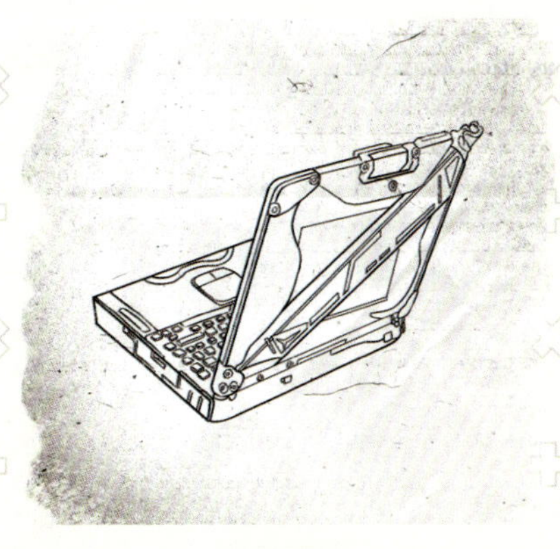

极程器

全名为超级极乐程序解调器，平时为便携手提箱的状态，打开后可以看到键盘、多点触控板与 24 寸量子点显示屏，内置超级程序。由于高算力和低电池容量，导致续航能力稍差，研发部门正在改进中。此装备为第二培植中心研究员专用。

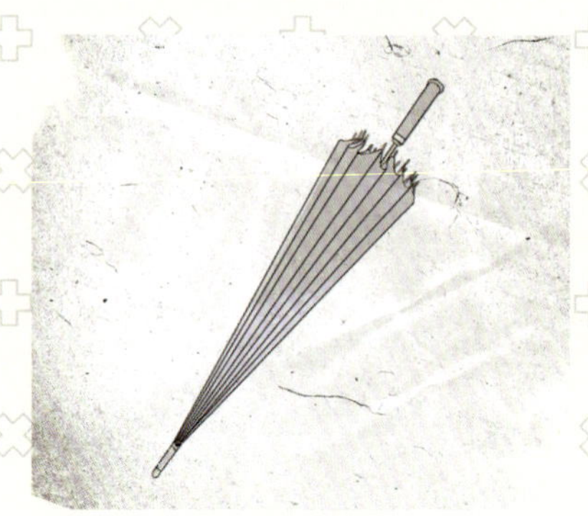

太旸伞

全名不详。伞面布满乱云碎金纹路，材质特殊，极为坚韧，能够抵御大部分物理伤害，收起时亦可当作武器使用。同时，伞骨中含有天煞结晶，使得太旸伞拥有在一定程度上抵御和屏蔽载录者的能力。此装备为第四培植中心研究员专用。（提醒：太旸伞不能作为正常雨伞使用）

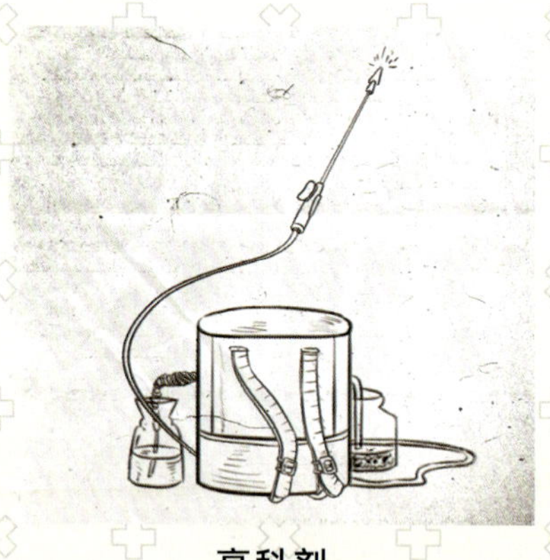

高科剂

全名为高分子生命科学实验药剂，以多个高精度试管组合而成，配有双肩背带和手持喷头，方便研究员外勤携带使用，试管内存储多种特质药物，均为第五培植中心主任研发制作，因部分药剂有毒性，使用时，常搭配防毒面具。此装备为第五培植中心研究员专用。

4 主要骨干
key staffs

JING REN YUAN

JINGRENYUAN

院长

YUANZHANG

性别：男
年龄：？
生日：12/14
身高：181cm
星座：射手座

惊人院总负责人，第一培植中心主管研究员。情商、智商双高，容貌与晓博士亡夫胡烁相似。笑容温暖灿烂，未完全激活时没有人类的感情。孤独，温柔，内心强大，竭力热爱着惊人院的每一个人。

JING REN YUAN

晓博士

XIAOBOSHI

性别：女
年龄：？
生日：10/24
身高：166cm
星座：天蝎座

惊人院第三培植中心主管研究员。黑长直马尾，习惯背帆布包，加州理工学院生物科学系学霸。坚强，独立，勇敢，不苟言笑，独来独往。看似冰冷，实际用情极深，以她独有的方式保护着身边的人。

JINGRENYUAN

石习生

SHIXISHENG

性别：男
年龄：26
生日：05/20
身高：180cm
星座：金牛座

惊人院第二培植中心主管研究员。高智商天才程序员，身份扑朔迷离。容貌俊俏，常年穿帽衫。喜甜食，口罩和耳机才是本体。态度恶劣，说话带刺，毒舌。为人慵懒散漫，没耐心。沉迷二次元 ACG 文化。

JING REN YUAN

JINGRENYUAN

王某

WANGMOU

性别：男
年龄：？
生日：06/09
身高：175cm
星座：双子座

惊人院第四培植中心主管研究员。载录者，外表为 20 岁左右的少年，历史委员会少有的高层。棕发卷毛，浮夸骚气，右耳常年戴黑金耳钉。超级有钱，惊人院背后总投资人。嘴贫，自信嚣张，随性洒脱。喜爱收集古玩。唯一弱点是怕黑。

JINGRENYUAN

徐至魔

XUZHIMO

性别：男
年龄：27
生日：04/09
身高：178cm
星座：白羊座

惊人院第五培植中心主管研究员。曾因注射过量麻醉剂而精神异常，治愈后被惊人院收留，但丢失了之前的全部记忆，疑似多重人格，但后被证实这似乎与轮回逃逸者的特殊身份有关。肤色惨白，黑眼圈重，药理知识丰富，医疗技术过人，典型的文艺青年。除了研制药物外更喜作诗，号称诗意药剂师。

JING REN YUAN

JINGRENYUAN

盖爷
GAIYE

性别：男
年龄：40
生日：01/10
身高：172cm
星座：摩羯座

江湖人称盖爷，退役刑警骨干，昔日叱咤风云的硬汉。曾有一段神秘的卧底经历。保安服，寸头，烟不离手，喜欢年轻人的东西。生性多疑，老谋深算，却也有慈祥憨厚的一面。

JINGRENYUAN

尧尧

YAOYAO

性别：女
年龄：21
生日：03/07
身高：160cm
星座：双鱼座

惊人院第三培植中心助理研究员，晓博士助手。充满青春活力，少女心满满。齐肩中长发，戴圆框眼镜，单纯开朗，毫无心机，百分百纯吃货。活泼爱笑，总一味替他人着想，在童年时期痛失双亲，但仍愿以笑容面对现实的残酷。

JING REN YUAN

其他人员档案

景戒
JINGJIE

历史委员会委派现任惊人院副院长的载录者。当年布拉格之战的忠烈之后，全族在大战中壮烈牺牲，因此受到历史委员会的格外照顾。形象为六十岁左右的女性，白发盘髻，妆容精致，寡言少语，气场强大。其能力为“戒与罚”。

常舍予
CHANGSHEYU

国科委派现任惊人院员工事务总监，在国家科研中心与骆海职级相同。形象为中年男性，轻度谢顶，好为人师，循循善诱，事必躬亲。

唐宥
TANGYOU

载录者，本体为唐三彩镇墓俑，能力是与亡者共情。形象为年轻男性，曾经是王某的助手之一，如今被升为惊人院首席 HR，负责院内的人事管理工作。

程以久
CHENGYIJIU

男，惊人院医务室负责人。原为红皇后计划执牌人（黑梅花 9），手腕处有黑梅花印记，被放大的特性为代谢能力。“先生”覆灭后，在晓博士的担保和引荐下进入惊人院，避免了被强制销毁的命运。主要负责院内员工的基础医疗、健康情况监测、福利保健制度以及入职体检等工作。虽然看起来性格恶劣，但似乎是个称职的好医生。

陆云深
LUYUNSHEN

男，惊人院第一培植中心助理研究员，毕业于哥伦比亚大学自然科学专业，并以当年第一名的成绩考入国家科研中心，成为骆海的手下。后被委派至惊人院任职，直接对院长负责，主要职责为院内日常行政工作以及新员工的入职培训与实习督导，是惊人院内加班最多的员工之一。由于能力出众，性格完美，在新人研究员眼中是无所不能的可靠存在。

JINGRENYUAN

林成

LINCHENG

惊人院第二培植中心助理研究员，年轻有为，是石习生认定的仅次于他自己的编程天才。曾因高智商犯罪入狱，出狱后被石习生接入惊人院，两人配合捣毁了林时（林成的双胞胎哥哥）以 VR 游戏《人间》控制世界的阴谋。

王越

WANGYUE

惊人院第四培植中心助理研究员，载录者，本体为越王勾践剑。王某的随身保镖，身材魁梧，擅长家务，爱骑摩托。性格豪迈，急公好义，能力是锐化万物。曾在布拉格之战与星河塔一役中做出了特殊贡献。

晏佳

YANJIA

惊人院第五培植中心助理研究员。女，执牌人方片，人类高质量女性，对精神疾病学和心理学颇有研究，缘由是儿时至亲被害，对方却因人格分裂被判无罪。她盯上了徐至魔，于是主动通过国科进入惊人院，企图研究他身上的特殊症状。

邵兰之

SHAOLANZHI

载录者，本体是《兰亭集序》，能力是假借。原本为历史委员会亚洲大区高层领导，后因厌恶权力争斗，选择加入惊人院，成为第四培植中心的客座教授。风流倜傥，经常穿着汉服，喜欢养鹅。

小院子

XIAOYUANZI

由惊人院自主研发的行政智能机器人，负责院内日报播放、行政信息传达、网络终端监测等基础工作。

提醒：请不要在小院子表面乱涂乱画，如果小院子出现语无伦次的情况，也请不要理会。

再提醒：不许往小院子的面板窗口里扔垃圾！！！

JINGRENYUAN

SEVEN

一套完整且拥有自主思考能力的超人工智能系统，由石习生独立创造，曾为第二培植中心的虚拟管家，目前已成为整个惊人院的电子网络系统总台。

付黑
FUHEI

原为超级生物——复影，后随晓博士前往 NO.38 轮回执行特殊任务，由于功勋卓著，得到院领导破格提拔，现任惊人院第三培植中心管家一职。

不齐
BUQI

第四培植中心管家，为活化器物的青铜麒麟兽。初见者往往因其磅礴的气势胆寒，实则性格随和友善。名字为王某亲自所起，据说颇有深意。

穗穗
SUISUI

第五培植中心管家，人型机。在“少女说明书”事件中被徐至魔搭救，并表示愿意接受这样的自己，希望在惊人院继续生活下去。后期经过石习生亲自调试，正式成为惊人院的特殊员工。

JING REN YUAN

（扫码了解惊人院最新大事件）

5 主要研究员
key researchers

JINGRENYUAN

▼入院前

姜迟

JIANGCHI

男，22岁，生日2月22日，双鱼座，B型血，轮回逃逸者，惊人院新人研究员。皮肤很白，整体都有种褪色感，没有攻击性，看起来非常随和。脸上有酒窝，颈间有一圈利希滕贝格纹。大学学的专业是学前教育，但毕业后就一直在各种景区兼职间辗转生活。没买过衣服和手机，穿的、用的都是参加活动免费拿到的文化衫与试用品。喜欢旧东西和老物件，在生人面前不怎么爱说话，善良，慢热，有同情心。

JING REN YUAN

JINGRENYUAN

应洛洛

YINGLUOLUO

女，19岁（自称），生日11月30日,射手座,O型血，惊人院新人研究员。孤儿，把捡到弟弟应豆豆的那天当成自己的生日，真实年龄不详。没上过学，靠小偷小摸讨生活，看起来机灵可爱，但实际上诡计多端，爱偷偷使坏。穿衣风格多为乖乖女风格的连衣裙，经常戴一顶红色贝雷帽，身上常带着一股不知道由何而来的橘子香气。喜欢收集各种袜子，喜欢商场里的免费试吃品和赠品，与叶晚是室友，在惊人院工作的唯一目的是为了照顾被收容进平安疗养院的弟弟。

▼入院前

JING REN YUAN

JINGRENYUAN

▼入院前

任赫

RENHE

男，25岁，生日6月18日，双子座，A型血，惊人院新人研究员，姜迟的室友。高颜值，高智商，有四分之一英国血统，高鼻梁，蓝眼睛，戴金框眼镜，气质精致优雅，实际上是个逗比。穿衣风格为复古英伦风与传统中式混搭，唯一的要求是做工精致。常自称为Richard，还爱给别人起英文名。古玩世家出身，有经商天赋，颇有家资，在潘家园有店面。

JINGRENYUAN

叶晚

YEWAN

女，24 岁，生日11月1日，天蝎座，AB 型血，惊人院新人研究员。长相明艳，气质清冷，是近乎欧美超模般的大美女。一头绿发张扬，气场强大，生人勿近，穿衣风格非常时尚，别人穿着古板的白大褂在她身上却有种走秀感，被誉为“行走的衣架”。喜欢找一些冷僻书籍来看，讨厌男人、舔狗和除了海鸥之外的一切动物。

JING REN YUAN

▼入院前

JINGRENYUAN

其他人员档案

温佳慧
WENJIAHUI

女，于 2022 年入职的新人研究员。性格大大咧咧中又带有一丝娇憨，穿衣风格为摇滚风，梳脏辫，总是化很浓的眼妆，脸上有雀斑。对叶晚有莫名的亲近感。行事风格夸张，追求自由不羁的生活状态，据她自己说曾经得过校运会万米长跑亚军。

唐远
TANGYUAN

男，22 岁，惊人院新人研究员。黑皮帅哥，面相坚毅，鼻梁高，气质偏冷，五官精致，有棱角。说话办事都追求效率，废话不多，多为短句，行为方式多为直线型，比较直男，不太会委婉。家境优渥，一副公子做派，比较自恋，平时非常克制，只有在面对姜迟和任赫的时候会被激起莫名其妙的好胜心。喜欢折纸。

JING REN YUAN

（扫码了解新研究员的故事）

6 星河区概况

XINGHEQU overview

JINGRENYUAN

星河区总面积 480 平方千米，平均海拔 36 米，下辖 25 个街道、18 个地区，常住人口约为 360 万人。第二、三产业发达，高新技术产业尤为突出，其中外资企业占比 32% 以上。社会面构成复杂，既有灯红酒绿的繁华闹市，也有陈旧破败的贫民聚集区。这里的土壤滋生了各类犯罪事件，同时也养育了不少杰出的正义之士。

“三教九流，皆为名流；下里巴人，都是怪人。”

不灵星

Bling Star

近两年在星河区极为火爆的虚拟形象，随处可见不灵星的实体周边产品，最初设计者身份不详——

“千万别在星河区对星星许愿，不灵！”

星河路

星河区的主要街道之一，星河区大部分地标性建筑均坐落于此，其中以星河路 404 号的惊人院最为瞩目，平安疗养院、槭园、魔药酒吧、常记夜宵、惊品店、星河理发店等与惊人院渊源颇深的建筑星罗棋布。

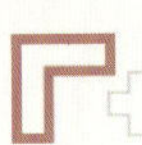

常记夜宵

经营者是一对夫妻，食客们尊称他们为谢老板和范老板。店铺坐落于星河路，只在夜间开张，售卖的小吃都有着奇怪的名字，但味道极好，食材新鲜，用料足实，价格也实惠，深受惊人院研究员们的喜爱。常记夜宵招牌小吃：孟婆胡辣汤、判官炸鸡、忘川小龙虾、烧心凉粉、过（奈何）桥米线、连环杀人饭等。

星河报社

星河区本地民办报社，主要报道商业动向与社会新闻，曾有星河报社记者王胜哲被不法之徒利用，试图潜入惊人院获取机密档案。事件平息后，双方机构负责人私下会晤达成和解。

魔药酒吧

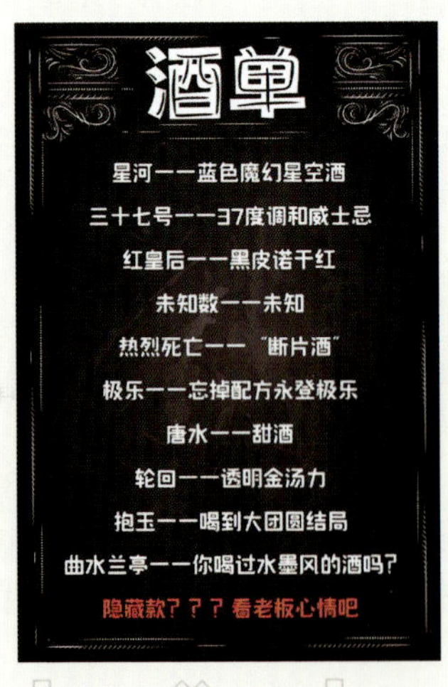

王某开的酒吧。营业时间为每天凌晨 0 点到早上 6 点，惊人院员工可享受半价优惠。这里的酒单只有十款酒，每一款都有特殊的名字，据说是老板亲自命名的。调酒师是载录者云纹铜禁，顾客们都叫她万春，全身都有裂纹一样的夸张文身。老板王某心情好的话也会亲自调酒，但他只会调一种酒，名字就叫魔药，且这款酒并不在酒单上，如果你足够幸运的话或许有机会尝到。

平安疗养院

由原惊人院附属医院独立后形成，与惊人院由一座天桥相连，疗养院楼体外部有围墙作为保护，安保较为严格。这里的普通病房里住着一些因非正常事件受到精神创伤的病人，而特殊病房里则关押着一些危险人物，比如令人闻风丧胆的犯罪组织 6174 的部分成员。

惊品店

惊人院附近的一家奇怪小店，店主被大家称作“鹤叔叔”。

店里总卖一些稀奇古怪的东西，平时没什么生意，基本只有惊人院的研究员会光顾。他们似乎能在这里买到一切所需，无论是日常办公用具，还是设备零件、生物材料、文玩古董或药剂配方，甚至包括惊人院的白大褂。

另外，在这里购物满 80 元可获得不灵星金属胸章一个，款式随机。

7 其他机构

other institutions

历史委员会

整个人类历史文明是一个轮回，石器时代、夏商周、秦汉唐……都会遵循轮回一遍遍重复，人类的历史进程并不是无限发展下去的，而是一遍又一遍地重复。就像钟表的一个轮回为十二小时，人类文明的轮回也有其专属计量单位，即十二万九千六百年。

古董文物作为人类文明的结晶和历史进步的标志，见证和记录着重大历史节点，因此被授予以“载录者”的身份守护时间。因一个轮回长达十二万九千六百年，为便于管理，大多数载录者皆会以器物之身沉睡，只留下少数常醒者观察世事变迁，直到一个轮回即将结束之时，常醒者将唤醒其他沉睡的载录者，归零重启。而这些常醒者组成了一个特殊的组织——历史委员会。

历史委员会共有六大区，由每个区域的大区主任组成主席团，每两万一千六百年轮值一次，六人轮流担任轮值主席，由审判官监督。现任主席团成员包括荆齐（亚洲大区）、图坦卡蒙黄金面具（非洲大区）、断臂维纳斯与罗塞塔石碑（欧洲大区）、梵高星空（北美大区），以及复活节岛石像（南美大区）。

历史委员会总部坐落于捷克首都布拉格天文钟，亚洲大区办公室位于世纪坛三层。日晷是委员会高层的身份象征，亦是观测轮回进程的计时器，唤醒和让载录者沉睡的必备工具。

然而，随着时间秘密的揭晓，轮回的真相浮出水面，历史委员会内部似乎也出现了分歧……

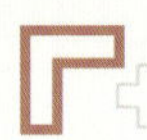

荆齐

历史委员会亚洲大区主任，本体为和氏璧，后期被雕刻为传国玉玺，仅余废料，却得到了王某这个弟弟。能力为绝对信任，实力强大。常年着西装，戴眼镜，整个人一丝不苟，克制自持，外冷内热。为了保护王某，荆齐不惜赴汤蹈火，甚至愿意舍弃掉他最珍视的东西。

王某曾擅自修改“轮”而造成 NO.37 轮回的卞和不再献玉，因此遭受历史反噬，重病不起，荆齐为救王某再次对“轮”进行修改，因此落下腿疾。同时，此举也意外造成 NO.38 轮回的徐陆来到 NO.37 轮回的春秋时期代替卞和献玉，保证历史不被改写，同时徐陆也成了惊人院的第一位轮回逃逸者，亦是现在的徐至魔。

国家科研中心特殊生物研究部

简称“国科中心特研部”，办公地点位于星河区郊外的利云水库，设有四处隐蔽下水点，部门通行物品为超级生物婴膜。总负责人是骆海，朱迪担任助理，全体成员均为1990年红皇后计划中的红桃成员。使命是捕捉当初受到γ射线影响的物种，通过实验手段破坏它们的基因链，尽可能去弥补当年的过错。

另设有一处避难所，名为“维里西避难所”，名字取自亚特兰蒂斯人试图征服世界而创造的飞天机器，建于巨型超级生物云冻上方，海拔三千米。

骆海

男，执牌人，红桃组成员，国科中心特研部负责人，余天意的恋人。替代人为生物天才，红皇后生物工程实验的成员Karl。人格魅力出众，受人喜爱。自信张扬，正派，正直，充满正义感和正能量。肤色偏黑，五官立体而锋利，肩膀很宽，美式肌肉型身材；被放大的特性是“吸引力”，他的特性可以具象化为吸引身边的物体向自己飞来，但容易失控。后被“先生”占据身体，利用引力场和食尾蛇前往下个轮回。“先生”被惊人院消灭后，骆海得以恢复自我意志，回到NO.37轮回。

黑井研究所

新兴生物科技公司，日资企业，首席执行官为黑井三成。黑井研究所为达目的不择手段，一直是星河区地下世界的潜伏力量，伺机而动。

6174

多年前活跃在星河区的犯罪组织，牵头人是魏殊，6174 的罪恶触角涉及毒品、枪支等多个领域，牵扯到欧洲、美洲十六个国家和地区。组织覆灭后，所有成员均不知所终。

星河通综合服务平台

星河区最大的线上信息交流平台，后经调查发现，星河通同样是最大的情报交易根据地。

荷鲁斯之眼

神秘事务爱好者组织，最初由暗网上的一个名为“乌鸦”的 ID 发起，号召神秘学爱好者加入，于 2021 年年初具规模。

四季路

星河区臭名昭著的地下黑市所在地。

应天资本

财力深不见底的神秘资本组织，投资涵盖各个领域，几乎影响到了星河区居民生活的每一处角落。唯独应天资本的首席执行官神龙见首不见尾，没人知道他姓甚名谁，甚至连性别都是未知。